Rüdiger Schneider

Lissabon – Drei Tage

Novelle

Personen und Handlung sind frei erfunden, Ähnlichkeiten oder gar Übereinstimmungen mit Namen rein zufällig.

Rüdiger Schneider

Lissabon – Drei Tage

Novelle

Bibliografische Information der Deutschen
Nationalbibliothek: Die Deutsche
Nationalbibliothek verzeichnet diese Publikation in
der Deutschen Nationalbibliografie; detaillierte
bibliografische Daten sind im Internet über
http://dnb.d-nb.de abrufbar.

Herstellung und Verlag: BoD- Books on Demand,
Norderstedt

ISBN: 9783750417571

1

Sie fiel ihm sofort auf, als sie die kardiologische Villa betrat, dann vor der Rezeption stand, wartete, bis sie an der Reihe war. Er rauchte draußen neben dem Eingang eine Zigarette und beobachtete alles durch die Glastür. Sie verwirrte ihn. Was sucht eine solche Frau in einer kleinen, privaten Herzklinik? Alle anderen Damen liefen in Hosen oder im Trainingsanzug herum. Sehr uncharmant, wenig feminin. Sie aber trug einen langen roten Rock, mit Ornamenten im Jugendstil. Vintage-Eleganz. Auf dem Haar saß eine schwarze Baseballkappe. Hinten wippte bei jedem Schritt ein blonder Ponytail, bei dem sie einzelne Strähnen gelöst hatte. Auffallend auch ihre schwarzen Wanderstiefel mit den silbernen Schnallen.

„Sie könnte deine Tochter sein", überlegte er. „Älter als fünfzig ist sie nicht." Er bemühte sich, nicht zu auffällig hinzusehen, blickte dann wieder scheinbar gelangweilt nach draußen in den beginnenden Abend, wo sich im Westen der Himmel gerötet hatte, um bald in ein sanftes, purpurnes Matt zu tauchen. Er konnte den Blick aber nicht wenden, sah immer wieder durch die Glastür zu ihr hin. Das Auge bleibt jung. Auch bei einem Siebzigjährigen. Sie muss es gemerkt haben. Denn ab und zu drehte sie den Kopf in seine Richtung, legte leicht die Stirn in Falten, um sich alsbald wieder der Rezeption zuzuwenden, wo noch jemand vor ihr dran war und Aufnahmeformulare ausfüllte.

Eine Stunde später begegneten sie sich auf der Treppe und sie fragte ihn nach dem Schwesternzimmer. „Kommen Sie!" sagte er. „Ich zeige es Ihnen." Sie folgte ihm ins Erdgeschoss. Er zeigte ihr das Zimmer, ging dann ins Restaurant der Villa. Es war die Zeit zum Abendessen. Als etwas scheuer Mensch, der lange des Kontaktes zu anderen entwöhnt war, saß er allein an einem Tisch in einer Nische. Dann kam sie, blieb für ein paar Sekunden im Eingang stehen, sah sich suchend um, erblickte ihn, lächelte, kam an seinen Tisch. So lernte er Sonja kennen.

2

In normalen Krankenhäusern muss man sich morgens anmelden. Um 9 oder 10

Uhr. In dieser kleinen Privatklinik, die mehr einem Hotel oder einer Villa gleicht, war das etwas anders. Da konnte man auch am Abend kommen und erst einmal, bevor ein Zugang in die Armvene gelegt wurde und die ganzen Untersuchungen begannen, sein Zimmer beziehen. Die diagnostische Routine mit Blut abzapfen, EKG, Pulsüberwachung und Sonographie begann erst am nächsten Tag. So hatte man erst einmal etwas Zeit, sich an eine Atmosphäre zu gewöhnen, die im Vergleich zu den großen, unpersönlichen Klinikkomplexen angenehm und privat war. Wer das Intimere liebte und auch keine Kosten scheute, ging lieber in diese kleine Klinik bei Bad Neuenahr. Die Schwestern waren freundlich. Die Ärzte nahmen sich Zeit, waren bestens ausgerüstet mit Diagnosegeräten, um Herzprobleme genauer bestimmen zu können. Er war einen Tag vor Sonja gekommen und hatte EKG und Dopplersonographie schon hinter sich, wusste, was fehlte. Eine Klappe war undicht. Die Mitralklappe. Drückte das Herz Blut in den Kreislauf, so floss immer ein gewisser Anteil zurück, so dass sein Herz doppelte Arbeit leisten musste. Es war schnell unterwegs, als würde er sich ununterbrochen im Dauerlauf befinden. Tut man nichts dagegen, wird das Herz immer größer, immer insuffizienter, wie der Fachmann sagt, bis man schließlich zum Pflegefall wird oder von einem Infarkt erlöst wird. Seine Diagnose war eigentlich schon abgeschlossen. NYHA III. Mitralklappeninsuffizienz der vorletzten Stufe. NYHA ist eine Skala der New York Heart Association. Sie geht bis IV. Danach kommen nur noch Bettlägrigkeit und Tod.

Er wollte noch nicht nach Hause oder in eine Herzklinik, um sich ein Herzkatheter legen und operieren zu lassen. Ihm gefielen die Kontakte, die er in der Villa hatte. Man kommt leicht ins Gespräch. Kummer verbindet. Zu Hause wartete nur die Einsamkeit auf ihn. Die zermürbt und ist auf Dauer tödlich. Die Einweisung in eine Herzklinik verzögerte er. Dass man am Herzen herummacht, diese Vorstellung war ihm nicht geheuer und erschreckte. Eine Operation am Herzen ist keine Kleinigkeit. So schob er also alles vor sich her, fühlte sich wohl in einem Einzelzimmer mit einem südlichen Balkon, der als einziger uneinsehbar über dem Eingang der Villa lag. Rauchen war auf den Balkonen verboten. Aber bei seinem konnte das niemand sehen. In manch schlafloser Nacht ging er nach draußen, rauchte eine Zigarette, sah in den Novembernebel. Manchmal auch gesellte er sich zu der Nachtschwester, die vor der Kliniktür stand und sich dort eine Zigarette angezündet hatte. Er unterhielt sich gerne mit ihr und sie hatte ihm auch einen Trick verraten. Denn nach 23 Uhr kam man nur zur Tür raus, aber nicht wieder hinein. Um die Tür offen zu halten, hatte sie ein Pflaster auf das Auge der Lichtschranke geklebt. Die Pflaster lagen auf einem kleinen Tisch im Foyer.

Manchmal kam sie auch nachts auf sein Zimmer. Er hatte ein Gerät umhängen, das seine Herzfrequenzen auf einen Monitor im Schwesternzimmer übertrug. Löste sich im Schlaf eine Elektrode, so kam sie, befestigte sie wieder. Er hatte es gern, wenn ihre Hände seine Brust berührten.

Er war ausgehungert nach weiblicher Zuwendung. Lisa, seine Freundin, hatte ihn vor vier Wochen Hals über Kopf verlassen. Sie hatte sich bei ‚Bauer sucht Frau' beworben und war genommen worden. Sie hatte ihm das lakonisch per SMS mitgeteilt. Es war absurd und es war ein Schock. Er hatte nichts davon gewusst, nichts geahnt. Ganz plötzlich war das. Jetzt hockte sie mit zwei Konkurrentinnen bei einem Schwarzwälder Bauer und musste sich bewähren. Der Bauer suchte nicht nur eine Frau, sondern auch eine Hilfe für den Hof. Er kann sich nur schwer vorstellen, dass die zarte Lisa Ställe ausmistet und Kühe melkt. Insofern könnte er die Hoffnung haben, dass sie zu ihm zurückkommt. Aber vom Landleben und einem großen Hof hatte sie immer schon geträumt. Er nicht. Dass sie das jetzt so versucht! Er könnte es im Fernsehen miterleben. Aber das tut er sich nicht an.

Als Sonja sich zu ihm an den Tisch setzt, findet er das sehr angenehm.

3

Es gibt eine Sympathie, die das Gespräch leicht macht. Bei Sonja ist das so. Bei ihm auch. Also gegenseitig. Zunächst erzählt man sich die Gründe, warum man in der kardiologischen Villa ist. Sie hat nächtliches Herzrasen, seit ihr Mann vor einem Jahr gestorben ist. Aber eigentlich nicht nur nachts, gesteht sie. Auch am Tag galoppiert das Herz manchmal davon. In der Nacht ist es jedoch besonders schlimm. Dann raubt die Angst den Schlaf. Er berichtet sachlicher, lakonisch. Klappenfehler. ‚Höhergradige Mitralklappeninsuffizienz' sagt er nicht. Auch nicht NYHA III. Das ginge zu weit, sähe nach fachkundiger Prahlerei aus. Klappenfehler reicht. Darunter kann sie sich etwas vorstellen. Fehler ist Fehler. Wie sich das bemerkbar mache? Kurzatmigkeit beim Tennis. Die Stufen den Kölner Dom hoch würde er nicht mehr im Galopp schaffen. Da müsste also etwas getan werden. Mit dieser Bemerkung ist das medizinische Kapitel beendet.

Sie hat die Baseballkappe auch beim Abendessen auf. Ebenso den Vintage-Rock. Damit fällt sie auf. Die anderen Damen im Saal sind krankheitsgemäß gekleidet. Trainingsanzug für die rasche Untersuchung. Oder Hose und irgendeine unauffällige Jacke. Alles sehr dezent und dem Aufenthalt in einer Klinik entsprechend. Sie sitzt mit dem Rücken zu den anderen Tischen. Er hat den Blick über das Restaurant und bemerkt, wie die Frauen interessiert gucken und ab und zu miteinander tuscheln. Wahrscheinlich sagen sie: „Wie kann man nur so in einer Klinik herumlaufen! Wir sind doch nicht auf einem Pariser Laufsteg!"

Er genießt das, muss ab und zu darüber lächeln. Ihre Gegenwart tut ihm gut. Er hat eine verdammte Sehnsucht nach einer Frau, seit er von dem Klappenfehler weiß und seine Freundin in den Schwarzwald verschwunden ist. In den ersten Wochen ohne sie war er in ein tiefes Loch gefallen, hatte sich in seiner Wohnung mit Wodka die Kante gegeben. Bis er die Einsamkeit nicht mehr ausgehalten und sich in die Klinik hat überweisen lassen. Einfach nur um Menschen um sich zu haben. Dass Sonja ihm jetzt gegenüber sitzt, ist ein Geschenk des Himmels. Wäre das mit der Klappe kein mechanischer Fehler, sie würde jetzt wieder normal arbeiten. So fühlt er sich.

„Schade, dass man hier nicht rauchen darf", sagt sie. „Selbst draußen auf meinem Balkon ist es verboten. Na ja", fügt sie mit einem leichten Wimpernaufschlag hinzu, „kann man ja verstehen. Hier ist eine Klinik."

„Draußen darf man", sagt er. „Neben dem Brunnen gibt es einen Pavillon. Für die Sünder. Ich steh da immer ganz allein."

Sie lacht. „Jetzt nicht mehr. Nehmen wir uns einen Kaffee mit?"

Kaffee gibt es beim Abendessen nicht. Nur Kräutertee. Hibiskus, Kamille und alles, was der liebe Gott sanft wachsen lässt. Aber es gibt neben dem Buffet eine Kaffeemaschine. Für einen Euro Kaffee Crema, Espresso oder Cappuccino. Sie stehen beide auf, gehen zu der Maschine. Sie stellt eine Tasse unter die Aufschäumdüse, wirft eine Münze ein, drückt die Taste für einen Cappuccino. Die Maschine rattert, was noch einmal Aufmerksamkeit in dem Saal erregt. Jetzt ist er dran, wiederholt die Prozedur für einen Café Crème. Mit den Tassen gehen sie nach draußen zum Pavillon.

„Ich bin Sonja", sagt sie. „Und du?"

„Felix", antwortet er. Und denkt, jetzt stimmt der Name wieder. Felix heißt ‚der Glückliche'. Das Gefühl des Verlassenseins ist verflogen. Auch die Bitterkeit. In den ersten Tagen, als Lisa weg war, hatte er noch gewünscht, sie möge vom Traktor fallen. Die Vorstellung, dass sie fröhlich über die Felder fährt, während er mit einem Klappenfehler in seiner Wohnung hockt und zum Fenster hinaus nur Regen sieht, ließ ihn trotz aller immer noch vorhandenen Liebe nichts Gutes wünschen. Ist das menschlich oder einfach nur gemein? hatte er überlegt. Da half auch das Wort aus einem Brief des Paulus nicht: „Die Liebe ist langmütig und freundlich, die Liebe eifert nicht, die Liebe treibt nicht Mutwillen, sie lässt sich nicht erbittern."

Er ließ sich erbittern. Aber das ist jetzt weg. Sonja ist ihm sympathisch. Vielleicht wird ja mehr draus. Aber bitte nichts Voreiliges. „Von Herz zu Herz ist ein Intervall, das man langsam betritt." Das ist ein Zitat aus einem Gedicht von Karol Wojtyła, den er sehr mag.

„Es ist schön, endlich wieder Gesellschaft zu haben", sagt Sonja. „Seit dem Tod meines Mannes habe ich mich im Haus vergraben. „Nur ab und zu Kaffee trinken mit einer Freundin."

Was sie sagt, hat für ihn zwei Botschaften. Sie steht gerne mit ihm im Pavillon. Aber sie muss ihren Mann sehr vermisst haben. Daher das Herzrasen. Ein Jahr ist für die Trauer keine lange Zeit. Jedenfalls bei Frauen. Die Kerle sind da unruhiger, halten es alleine nicht aus und sind rasch wieder auf der Suche. Glaubt er jedenfalls. Ob das wirklich stimmt?

Das Gespräch plätschert locker dahin. Zunächst einmal Austausch von Informationen. Sie wohnt in Waldorf. Das ist nur ein paar Kilometer von seinem Ort entfernt. Der heißt Bad Breisig und liegt direkt am Rhein. Sie kennt es, war schon ein paar Mal an der Uferpromenade. Ihm ist es da zu touristisch. Er meidet die Gegend, war nur einmal in einer Weinstube beim singenden Wirt. Das Schild an der Tür ‚enge Tanzgelegenheit' hatte ihn verführt. So hatte er Lisa kennengelernt.

„Lebst du allein?" fragt Sonja.

Die Frage ist ziemlich direkt. Aber warum soll sie das nicht fragen?

„Ja", antwortet er und meint damit die Gegenwart. Denn ob er seine Freundin jemals wiedersieht, weiß er nicht. Manchmal hatte er es noch gehofft.

„Seit wann?" will sie wissen.

Er schüttelt bedauernd den Kopf. „Lang genug", weicht er aus.

Sie gibt sich damit zufrieden, fragt nicht weiter nach. Wahrscheinlich denkt sie in Jahreszahlen. Würde er sagen „seit vier Wochen", wäre das für sie erschreckend kurz. Gelogen hat er nicht. Es war wirklich lang genug. Die Einsamkeit hatte er nur schwer ausgehalten. Vielleicht geht sie ja bald zu Ende.

Da sie nun einmal draußen sind, rauchen sie eine zweite Zigarette, reden weiter miteinander. Ab und zu zupft Sonja sich eine Strähne aus dem Ponytail. Wenn sie lacht, zeigen sich zwei Grübchen auf ihren Wangen. „Sweet" denkt er.

Nach einer Viertelstunde lässt der Novembernebel sie frösteln. Sie gehen zurück. „Schade", meint Sonja, „dass man nachts nicht mehr raus kann. Auf dem Balkon ist es ja verboten. Die Nachtschwester könnte es sehen."

Er verschweigt ihr die Geschichte mit der Lichtschranke und dem Pflaster. Stattdessen sagt er: „Mein Balkon liegt als einziger südlich, direkt über dem Eingang. Da können sie einen nicht erwischen."

Er merkt ihr Zögern. Und dann fragt sie doch: „Welche Zimmernummer hast du?"

„28. Erster Stock."

„Wenn du nichts dagegen hast: Darf ich? Auch mitten in der Nacht? Ich bin ganz leise." Sie lächelt verlegen.

„Sei bitte laut!" antwortet er.

4

Nach ihrem Alter wollte er sie nicht direkt fragen. Aber er macht sich Gedanken darüber. Wenn sie wirklich um die fünfzig ist, so wie er es schätzt, dann liegen zwanzig Jahre zwischen ihnen. Das würde sie sich nicht antun wollen. Zum Plaudern jedoch würde es reichen. Da ist das Alter egal.

Er liegt angezogen auf dem Bett, zappt sich durch die Fernsehkanäle, findet nichts, was ihn interessiert. Schließlich bleibt er bei Eurosport hängen, sieht sich Snooker an. Die ,Irish Open'. Selby gegen O'Sullivan im Finale. Mit Lisa hatte er öfter Poolbillard gespielt. Sie spielte brillant. Meistens verlor er. Er gewann nur, wenn sie aus Versehen die schwarze Kugel zu früh oder in der falschen Tasche versenkte. Aber das war kein richtiger Sieg für ihn.

Ob Sonja kommt? Er bleibt lange wach. Um seinen Schlaf steht es schlecht. Lisas Abwesenheit hat ihn nervös gemacht. Er ist daran gewöhnt, nachts an warmer Haut zu liegen. Und dann sieht er auch noch eine Herz-OP auf sich zukommen. Schlechte Bedingungen für gesundes

Ruhen. Immer wieder sieht er auf die Uhr. Es ist schon Eins.

Um halb zwei klopft es leise. Er springt auf, eilt zur Tür, öffnet. Sie steht vor ihm, lächelt. „Darf ich?" fragt sie.

„Aber ja. Ich kann sowieso nicht schlafen. Die Geschichte mit dem Herzen. Dass einen das mit Siebzig noch erwischt!"

„Was soll ich denn sagen!? Ich bin ein paar Jahre jünger."

Ein paar Jahre jünger. Da kann er seine Neugierde nicht beherrschen. „Wie viele denn, wenn ich fragen darf?"

„Zwölf."

„Ich hätte dich auf fünfzig geschätzt."

Sie lacht. „Danke für das Kompliment."

Die Baseballkappe hat sie dieses Mal nicht auf dem Kopf sitzen. Sie hat auch den Ponytail gelöst. Das blonde Haar mit dem rötlichen Schimmer fällt ihr in Wellen bis weit über die Schulter. Sie trägt immer noch den langen Rock mit den Ornamenten. An den Füßen stecken jetzt bunte Sandaletten. An den Lederriemen marokkanische Muster. Verspielt wirkt das und schön. Gegen die Kühle der Nacht hat sie eine weinrote Lederjacke angezogen. Er findet, dass sie hinreißend aussieht. Am liebsten hätte er sein Gesicht in ihren Haaren vergraben.

Er holt einen Mantel aus dem Schrank. Sie gehen auf den Balkon. Er zieht die Tür zu, damit kein Rauch ins Zimmer kommt und Alarm auslöst. Jetzt in der Nacht ist der Nebel verschwunden. Zwischen einer Wolkenlücke sieht man die Sichel des Mondes. Er gibt ihr Feuer, zündet sich dann selbst eine Zigarette an,

„Hoffentlich kommt die Nachtschwester nicht", meint sie.

Fast hätte er gesagt: „Ach was, die raucht doch selbst." Aber das verschweigt er lieber. Sie könnte sonst auf die Idee kommen, auf ihren eigenen Balkon zu gehen.

„Das mit dem Rauchen wird sowieso bald vorbei sein", ergänzt er noch. „Nach der Herz-OP hör ich auf."

„Ich wahrscheinlich auch. Je nachdem, wie die Diagnose ist. Morgen kommen EKG und Schalluntersuchung. Ein bisschen nervös bin ich schon."

Sie wechselt das Thema. „Du arbeitest noch?" fragt sie.

„Nein, bin pensioniert."

„Pensioniert? Als was denn?"

Schön, dass sie neugierig ist, denkt er und antwortet: „Erst war ich an einer Schule, dann an der Uni."

„Professor?"

„Nein. Ich habe Studenten auf ihren Deutschlandbesuch vorbereitet."

„Auf ihren Deutschlandbesuch? Wo denn?"

„In Bangkok."

Wie das wohl ankommt? Bangkok ist ein wenig verrufen. Da läuft bei den Damen immer derselbe Film ab. Aber Sonja ist keine Alice Schwarzer. „Schön", sagt sie nur. „Interessant." Und dann will sie wissen, wie lange er schon pensioniert ist.

„Seit 15 Jahren. Da hat mich die Lehrlust verlassen. Ich wollte meine Ruhe haben und anderen Dingen nachgehen."

Sie ist wirklich neugierig, will jetzt wissen, welchen Dingen er nachgeht. Er erzählt vom Jakobsweg, vom Tennis-spielen.

„Was ist mit Frauen?" fragt sie unverblümt.

„Sind das Allerwichtigste."

„Du hattest viele?"

Blöde Frage, denkt er. Sagst du „Ja", ist das verdammt schlecht. Sagst du „nur eine", glaubt sie dir das vielleicht nicht.

„Ich bin kein Mönch" weicht er aus. „Natürlich hatte ich eine Freundin."

Damit sie nicht weiter fragen kann „Wie lange?", erzählt er direkt weiter. Aber er erzählt nicht von Lisa, sondern von einer anderen. Sie war Kirchenrestauratorin, hat übertünchte Fresken freigelegt und sie wieder aufgefrischt. „In dieser Zeit war ich oft mit dabei und richtig fromm. Gehst du auch in die Kirche?"

Er will von dem Thema weg und schafft es auch.

Sie schüttelt den Kopf. „Nein, ich finde eher den Buddhismus sympathisch. Kennst du Langenfeld?"

„Nein."

„Das ist nicht weit von Maria Laach. Da gibt es ein buddhistisches Zentrum. Da besuche ich manchmal Vorträge und Kurse. Tibetisches Heilyoga, Herz-Sutra, QGong und vor vier Wochen einen Kurs, wie man die eigenen Dämonen nährt."

Er schaut sie überrascht an. „Die eigenen Dämonen nähren?"

„Ja. Die eigenen Schattenaspekte erfahren, die eigenen tiefen Bedürfnisse.

Damit die Energie wieder frei fließen kann."

„Hmm. Klingt kompliziert." Er will nicht fragen: „Was sind denn deine tiefen Bedürfnisse?" Dazu ist es noch zu früh. Ungewiss ist, ob es jemals dazu kommt. Seine eigenen tiefen Bedürfnisse kennt er. Aber so tief liegen die gar nicht. Auf keinen Fall im Unbewussten. Offensichtlich ist für ihn die Sehnsucht, endlich wieder eine Frau im Arm zu haben. Da muss er keine Kurse besuchen oder in sich hineinhorchen.

Eine halbe Stunde bleibt sie bei ihm. Dann geht sie. Er begleitet sie zur Tür. Dort dreht sie sich um zu ihm, lächelt, gibt ihm einen Kuss auf die Wange. „Danke!" sagt sie. Er sieht ihr nach, wie sie durch den Flur geht und schließlich die Treppe hoch zu ihrem Zimmer nimmt. Er streicht sich nicht mit der Hand über die leicht feuchte Backe. Die Erinnerung an ein schönes Treffen soll noch etwas bleiben.

5

Am Morgen beim Frühstück wirkt Sonja bedrückt. Irgendetwas belastet sie. Er fragt.

„Ach, die ganzen Untersuchungen, die jetzt kommen", sagt sie.

„Tut doch nicht weh", tröstet er. „Bei der Sonografie kannst du auf dem Bildschirm sehen, wie dein Herz arbeitet."

„Ich weiß. Das ist es aber nicht. Es ist die Diagnose. Davor habe ich Angst. Die Vorstellung, dass man mein Herz vielleicht operieren muss, erschreckt mich."

„Ist doch auch nur ein Organ wie alle anderen", beschwichtigt er.

„Ist es nicht", widerspricht sie. „Es ist etwas ganz Besonderes. Das ist nicht nur ein Organ. Du kennst doch die Redensarten. Sich etwas zu Herzen nehmen oder jemandem das Herz brechen. Man sieht nur mit dem Herzen gut. Es ist der Sitz der Gefühle."

Jetzt widerspricht er. „Die Gefühle sitzen im Kopf. Das Herz reagiert nur darauf."

„Typisch Mann!" meint sie spöttisch. „Die Gefühle im Kopf."

„Man sieht mit den Augen. Die Bilder sind im Kopf und nicht auf der Herzwand."

„Bist du immer so wissenschaftlich? Die Liebe ist bei dir dann auch nur ein Spiel der Hormone." Sie wirkt gereizt.

Er würde sie jetzt gerne in den Arm nehmen und sagen: „Nein, das ist sie nicht. Sie ist etwas Großartiges, das ich gar nicht erklären will."

Den ganzen Vormittag sieht er sie nicht. Sie ist auf den einzelnen Stationen unterwegs. Die bedeutendste ist die Dopplersonografie. Da sieht man ziemlich genau, wo der Defekt liegt. Aber das ist noch nicht genau genug. Findet man einen Fehler, so kommt danach in einer großen Klinik der Herzkatheter und das Schluckecho. Beim Schluckecho wird ein Schlauch durch die Speiseröhre in die Herznähe geschoben. Für eine Operation muss man detailgenau wissen, was zu machen ist. Er wird um die Operation nicht herumkommen. Es geht nur noch um die Frage minimalinvasiv oder am offenen Herzen. Wenn er Pech hat, könnte es auch heißen: „Ihr Herz ist abgenutzt. Sie brauchen ein neues."

Sie treffen sich erst beim Mittagessen wieder. Sonja wirkt immer noch bedrückt.

„Und?" fragt er.

Ihr Lächeln ist bitter. „Du kannst jetzt sagen ‚Willkommen im Club!' Auch bei mir ist die Mitralklappe ziemlich undicht. Es muss operiert werden."

Sie rührt ihren Teller kaum an, lässt das Essen zurückgehen.

„Komm!" sagt er. „Gehen wir ein paar hundert Meter. Nicht weit von hier gibt es eine Weinstube. Unseren Herzen schadet das nicht."

6

Er kennt die Weinstube. An seinem ersten Abend in der kardiologischen Villa war er dorthin gegangen, hatte ein paar Gläser ‚Grauen Burgunder' getrunken, war gegen Mitternacht zurückgekehrt, wusste noch nicht, dass der Eingang ab 23 Uhr geschlossen ist. Aber da stand Nachtschwester Monica draußen, hatte das Auge der Lichtschranke mit einem Pflaster zugeklebt. Er hatte sich zu ihr gesellt. Sie verstand seine Sünden. Das Gespräch war warmherzig und tat ihm gut.

Jetzt führt er Sonja in das Kaminzimmer. Sie setzen sich nebeneinander auf ein Sofa dicht am Feuer. Es ist ein kalter Novembertag, neblig, feucht, grau. Da tut die Wärme der Flammen gut. Sie bestellt einen Rotwein von der Ahr, er wieder ‚Grauen Burgunder'.

Eine Zeit lang schweigen sie. Dann sagt Sonja: „Weißt du, was schlimm ist? Morgen werde ich entlassen. Dann muss ich eine ganze Woche warten, bis der Termin in der Klinik kommt. Meine Freundin ist auf Teneriffa. Wie halte ich es bei mir aus? Ich weiß es nicht. Das Haus ist leer und groß."

Er wird ebenfalls Morgen entlassen, sieht dann wieder die Einsamkeit in seiner Wohnung auf sich zukommen. In der kardiologischen Villa ging es ihm besser. Der Termin in der Herzklinik in Siegburg ist wie bei ihr erst in einer Woche. Was soll er zu Sonjas Worten sagen? Er weiß es noch nicht. Auf keinen Fall: „Ich könnte mit in dein Haus kommen." Da ist selbst der Konjunktiv noch zu direkt.

Er schweigt, trinkt Burgunder, sieht in die Flammen. Dann sagt er: „Ich muss auch eine ganze Woche warten. Aber ich werde für ein paar Tage nach Lissabon fliegen. Da ist es im November noch warm und die Sonne scheint. Ich habe mir heute Morgen den Wetterbericht angesehen. Kennst du Lissabon?"

Sie schüttelt den Kopf. „Nein. Aber ich habe gehört, es soll eine schöne Stadt sein. Ich habe auch einmal einen Film gesehen. ,Die weiße Stadt' mit Bruno Ganz. Da lässt ein Matrose einfach sein Schiff sausen, weil er von Lissabon verzaubert ist. Aber dürfen wir mit einem Herzfehler fliegen?"

Er lächelt. Sie hat ,wir' gesagt. Einfach so. Meint sie das wirklich?

„Wir sind nicht krank", antwortet er. „Den Klappenfehler haben wir bestimmt schon länger. Solange wir es nicht gewusst haben, ging es uns gut. Manchmal wird man erst krank durch die Diagnose."

Er zögert. Darf er das fragen? Warum nicht!? Wo ist das Risiko?

„Du hast ,wir' gesagt. Würdest du denn mitkommen?"

„Wenn du mich mitnimmst."

„Aber ja!"

„Wie lange?"

„Drei Tage."

Als sie zu der Villa zurückgehen, hakt sie sich in seinen Arm. „Werden wir uns vertragen?" fragt sie.

„Wir werden uns bestimmt vertragen."

Er hat sein Notebook mit in die Villa genommen. Er bucht die Flüge. Mit Eurowings geht es von Köln/Bonn nach Lissabon. Die Abflugzeit ist angenehm. 12.15 Uhr. Er will auch schon das Hotel buchen. Aber was? Doppelzimmer? Zwei Einzelzimmer? Er muss sie fragen. Darf man jetzt schon so etwas fragen? Sie kennen sich erst seit zwei Tagen. Von Herz zu Herz ist ein Intervall, das man langsam betritt.

Er sucht schon mal das Hotel ‚Riverside Alfama' aus. Das wird er ihr vorschlagen. Er kann das nicht über ihren Kopf hinweg bestimmen. Auf der Website des Hotels sieht er sich die Bilder an. Vom Balkon aus hat man einen wunderbaren Blick auf den breiten Arm des Tejo. Die Altstadt von Lissabon ist nebenan. Die Aussicht mit Sonja nach Lissabon zu fliegen stimmt ihn fröhlich. Wozu ein Klappenfehler doch gut sein kann!

Er nimmt das Notebook, geht zu ihrem Zimmer, klopft an. „Die Flüge habe ich schon gebucht", sagt er. „Aber bei dem Hotel weiß ich noch nicht. Ich würde das ‚Riverside Alfama' vorschlagen. Man hat vom Balkon aus einen phantastischen Blick auf den Mündungsarm des Tejo. Das sieht aus, als sei man schon am Atlantik."

Er fährt das Notebook hoch, klickt sich auf die Website des Hotels, ruft die Fotos auf. Von den Zimmern, von der Umgebung.

„Ja, schön. Nehmen wir."

Sie ist einverstanden. Jetzt kommt die Gretchenfrage. Doppelzimmer oder Einzel? Aber er stellt die Frage nicht.

„Dann buche ich jetzt zwei Einzelzimmer", sagt er. Sie lächelt, schweigt. Kein Kommentar.

Umbuchen kann man das immer noch, denkt er. Vorläufig aber ist die Entscheidung richtig.

Nach dem Abendessen gehen sie durch den Park der Villa. Sie hat sich wieder in seinen Arm eingehakt. Es ist ein schönes Gefühl. Er hätte Lust, noch einmal die Dopplersonografie zu machen. Er ist sich sicher, er hat nicht mehr Stufe III, sondern mindestens eine weniger. So eine Klappe muss doch auch auf das Glück reagieren.

7

Spät am Abend denkt er an Lisa. Muss er ein schlechtes Gewissen haben? Warum? Die hat sich doch bei einem Bauer beworben. Ob sie jemals wieder zurückkommt, ist ungewiss. Einmal haben sie telefoniert. Da klang ihre Stimme gar nicht optimistisch. So als ahne sie, dass sich der Landwirt für eine ihrer Konkurrentinnen entscheiden würde. Was macht er, wenn sie zurückkommt? Ob er zwei Frauen lieben kann? Theoretisch geht das. Aber man müsste es verheimlichen. Dann verstrickt man sich in einem Netz von Alibis und Lügen und es geht einem schlecht damit. Offenbart man es, sind beide weg. Dann geht es einem noch schlechter. Er müsste sich also entscheiden.

Er denkt an den alten Goethe beziehungsweise an den jungen. Der war im Liebeskummer von Wetzlar die Lahn runter dem Rhein entgegen gewandert und hatte in Vallendar die süße Brentano getroffen. In seinen Notizen hatte er vermerkt: „Es ist eine sehr angenehme Empfindung, wenn sich eine neue Leidenschaft in uns zu regen anfängt, ehe die alte noch ganz verklungen ist."

Das kann er jetzt nachempfinden. Er freut sich mehr auf Lissabon als dass er auf Lisas Rückkehr hofft. Möge sie doch ihr Glück im Kuhstall finden!

Dass das so schnell geht! Die Gefühle umlenken. Er staunt darüber. Aber er hat in der Einsamkeit seiner Wohnung genug gelitten. Das muss vorbei sein. Noch ein paar schöne Tage mitnehmen, bevor es zur OP geht. Die wird am offenen Herzen sein und ist nicht ohne Risiko. Die Bitterkeit gegenüber Lisa ist völlig verschwunden. Auch die Rachegefühle, die ihn ab und zu heimgesucht hatten. Er fühlt sich wohl bei Sonja, ist vielleicht schon verliebt. Das weiß er aber noch nicht genau. Das hängt ja auch von ihr ab. Vielleicht braucht sie ihn nur als Begleitung und als jemanden, mit dem sie reden kann. Das bleibt alles abzuwarten.

Er schaltet noch einmal sein Notebook ein, geht ins Internet. Das Wetter in Lissabon. Die Vorhersage für ihren Aufenthalt. 18 Grad und Sonne. Da kann man auf dem Balkon sitzen und auf den Tejo schauen. Und abends durch die Altstadt gehen und in einer Bar dem Fado lauschen. Drei Tage sind es. Drei Tage nur. Aber es sind drei Tage mit Sonja.

8

In dieser Nacht kommt sie früher zu ihm. Es ist halb Zwölf, als es leise klopft. Die Nachtschwester hat schon ihren Rundgang gemacht und den Blutdruck gemessen. „Gut!" hat sie gesagt. „120 zu 80. Das ist normal." Vorher war es 150 zu 90, eine leichte Hypertonie.

„Seltsam", sagt Sonja, als sie auf dem Balkon stehen, „es ist, als würden wir uns schon länger kennen. Dabei ist das erst seit einem Tag und einem Abend. Vielleicht sind wir uns ja früher schon mal begegnet."

Wahrscheinlich meint sie die Wiedergeburt. Sie besucht ja ein buddhistisches Zentrum. Genauer, ein tibetisches. Da glaubt man an so etwas. Er jedenfalls erinnert sich nicht. Wozu auch? Jetzt steht sie neben ihm, lächelt, so dass er wieder die Grübchen sieht.

„Wie machen wir das?" fragt sie. „Treffen wir uns übermorgen am Flughafen? Du musst wahrscheinlich nach Hause und noch ein paar Sachen packen."

Er schüttelt den Kopf. „Nein, ich hab' ja alles dabei. Es sind nur drei Tage. Ich müsste allerdings die Tickets noch ausdrucken."

„Komm Morgen mit zu mir. Da kannst du das auch ausdrucken. Mir ist lieber, wir fahren zusammen zum Flughafen. Ich möchte Lissabon nicht verpassen. Bist du mit dem Wagen hier?"

„Nein, bin mit dem Taxi gekommen."

Er möchte sie in den Arm nehmen, sie spüren. Aber von Herz zu Herz ist ja ein Intervall, das man langsam betritt. Er ist ein eher zurückhaltender Typ. Vielleicht ist es auch die Angst, etwas zu zerstören, was sich nur behutsam entwickeln kann. Viele Jahre sind sie sich nicht begegnet. Da kommt es auf ein paar Tage nicht an.

Sie ist anders. Sie durchschaut das. Sie drückt die Zigarette auf dem Balkongeländer aus, schnippt die Kippe in die Regenrinne. Dann stellt sie sich vor ihn, lächelt, sagt: „Wir könnten uns ruhig einmal umarmen."

Er legt seinen Kopf auf ihre Schulter, löst mit der rechten Hand das Gummiband an ihrem Ponytail, so dass die Haare frei fallen. Er vergräbt sein Gesicht darin, atmet tief durch. Dann sucht er ihre Lippen. Es ist eine erste, zarte Berührung, die er nicht mehr vergessen wird. Sie bleibt die ganze Nacht bei ihm, geht um Sechs, bevor die Morgenschwester kommt, um Puls und Blutdruck zu messen. Als die Schwester kommt, da sitzt er auf der Bettkante und lächelt ihr entgegen.

„Was ist denn mit Ihnen los?" fragt sie erstaunt. „Sie müssen ja wunderschön geträumt haben."

„Nein, nein. Ich freue mich nur auf meine Entlassung."

„War es so schlimm hier?"

„Nein, ganz im Gegenteil."

Sie wird es sich ja denken können. Dass Sonja und er gerne zusammensind, ist in der Villa aufgefallen. Wo es wenig Sensationen gibt und viel Zeit, beobachtet man besonders sorgfältig.

9

Einmal noch Frühstück. Ein letztes Mal im Restaurant der Villa. Sie sitzen sich am Tisch gegenüber, lächeln sich an. Die anderen Patienten werden die Vertrautheit, die entstanden ist, bemerken. Die Männer weniger, aber die Frauen spüren so etwas. An diesem Morgen blicken sie besonders neugierig zu ihnen herüber. Felix amüsiert das. Sonja ist es egal.

Um Neun kommt die letzte Visite und sie halten den Entlassungsbrief in den Händen. Die Hauptdiagnose kennen sie schon. Höhergradige Mitralklappeninsuffizienz. Manches liest sich wie ein Zeugnis aus der Schule. „Wacher und allseits orientierter Patient in zufriedenstellendem AZ und gutem EZ." Felix kennt die Ärztesprache. So etwas kann man googeln. AZ ist der Allgemeinzustand. EZ der Zustand der Ernährung. Bei den Nebendiagnosen findet sich ,CVRF Nikotinabusus'. Der cardiovaskuläre Risikofaktor. Das werden sie beide ändern müssen. Sie vergleichen, und darauf sind sie besonders gespannt, den Kliniktermin für die invasive Diagnostik, also Herzkatheter und Schluckecho mit nachfolgender OP. Sie haben sich dieselbe Klinik ausgesucht. Helios in Siegburg. Sie haben denselben Termin für die Aufnahme, haben sieben Tage Zeit.

Sie gehen zum Parkplatz der Villa, wo sie ihren Wagen stehen hat. Bitte kein SUV! denkt er. Er mag diese Sport Utility Vehicles mit ihrer erhabenen Sitzposition nicht. Kleine Panzer sind das. Bullige

Protz- und Statussymbole. Unsympathisch. Er ist erleichtert, als Sonja auf einen roten Fiat 500 zusteuert. „Den hab' ich in Blau", sagt er erstaunt. Schon wieder eine Gemeinsamkeit. Zufall? Was treibt Amor da für ein Spiel?

Sie meidet die Autobahn, fährt auf einer Nebenstrecke nach Waldorf. Auf einer kurvenreichen Landstraße geht es durch Wälder. An diesem Novembermorgen scheint endlich mal wieder die Sonne. Das Laub der Bäume leuchtet in warmen Farben, in zarten und bisweilen starken Tönen. In Gelb, der Farbe der Sonne. In lebendigem Orange, in erdigem Braun, in Burgunderrot, in Opalgrün. Herbst des Lebens. Wie schön! Der Kliniktermin ist ausgeblendet. Jetzt zählt nur die Gegenwart und der Flug nach Lissabon.

Waldorf ist ein kleiner Ort am Rande des Vulkanparks Brohltal. Ein verträumtes Dorf mit noch vielen Fachwerkhäusern. Eins davon, am südlichen Rand, gehört Sonja. Es ist von Buchenhecken umgeben. Das Erdgeschoss ist aus Tuffstein gemauert. Darüber das restaurierte Fachwerk mit weißer Fassade und dunkelroten Balken. Oben der mit Schiefer gedeckte Giebel. Allein an der Seite, wo sie auf einem Hof den Wagen parkt, zählt er acht Fenster. Ein großes Haus. Dass sie da nicht alleine eine ganze Woche herumlaufen will, ist verständlich. Ob er der erste ist, der seit dem Tod ihres Mannes dort eine Nacht verbringen darf? Es ist egal. Die Frage ist unerheblich. Die Vergangenheit zählt nicht. Das Leben ist ein Fluss, der einem unbekannten Meer zuströmt. Die Bilder an den Ufern ändern sich. Jetzt sind sie einfach nur schön.

10

Er hat im Gästezimmer geschlafen. Sie auch. Am Morgen nach einer Tasse Kaffee packt er den Inhalt seiner Tasche um in einen kleinen Lederrucksack, den er als Handgepäck in die Maschine mitnehmen kann. Das Notebook braucht er nicht. In Lissabon wird alles analog sein. Haut an Haut. In einer Kammer hat sie einige Rucksäcke hängen. Sie muss viel gewandert sein. „Nimm den grünen!" schlägt er vor. „Dazu ein rotes Kleid. Die Portugiesen werden dich lieben. Es sind ihre Nationalfarben."

Schon um Acht, eigentlich zu früh, fahren sie zum Flughafen. Nach dem Check-In läuft er durch den Duty-Free-Shop. Er fliegt nicht gerne, hat sich früher immer ein Päckchen Underberg mit an Bord genommen. Dieses Mal lässt er es. Mit Sonja wird der Flug anders sein. Ohne Unbehagen so hoch in der Luft. Als der Schub der Turbinen kommt, lächelt er. Jetzt kann sie nicht mehr aussteigen. Will sie auch gar nicht. Er nimmt sie mit nach Lissabon.

Die Maschine steigt. Nach ein paar Minuten die südliche Schleife über den Rhein. Tief unten sieht er den Kölner Dom. Dann hat die B 737 ihre Flughöhe erreicht. Eine weiße Wolkendecke liegt unter ihnen. Darüber der Himmel strahlendblau.

Sonja hat den Kopf an seine Schulter gelegt und schläft. Flugangst kennt sie nicht, während er ab und zu auf das Surren der Turbinen lauscht.

Sie müssten jetzt über dem Schwarzwald sein. Dort unten ist Lisa. Wenn sie wüsste, dass er nicht mehr ein paar hundert Kilometer von ihr entfernt ist! Aber er ist unerreichbar und fliegt unerreichbar weiter.

Dann kommt endlich nach drei Stunden der Anflug auf Lissabon, die weiße Stadt. Die Kehre über dem Atlantik. Sinkflug. Er sieht die breite Mündung des Tejo, den Stadtteil Alfama und auf der anderen Seite des Flusses Almada. Über das Mündungsdelta spannt sich, jetzt deutlich zu erkennen, die Ponte Vasco da Gama. Nun wird alles ganz nah. Mit einem sanften Ruck setzt die Maschine auf. Die Erde hat sie wieder. Das schönste Abenteuer seines Lebens kann weitergehen.

11

Der Flughafen liegt sechs Kilometer nördlich vom Zentrum. Vor vielen Jahren war er schon einmal in Lissabon. Da hat er den Bus in die Stadt genommen. Aber jetzt, vor einer Herz-OP, ist Geld ziemlich egal. Sie fahren mit dem Taxi zum ‚Riverside Alfama'.

An der Rezeption bucht er um. Keine Einzelzimmer. Sorry, ich hatte mich vertan! Diese Klickerei mit der Maustaste! Sie bekommen ein Doppelzimmer. Kein Problem. Der Empfangschef in der Lobby ist freundlich und sieht, dass die Beiden nachts keine Isolation wünschen.

Das Zimmer ist einfach, aber in warmen mediterranen Farben. Das Schönste ist der Balkon, wo man bei Sonne und milden Temperaturen auf den Tejo sehen kann bis hinüber zum Stadtteil Almada. Fähren kreuzen das Mündungsdelta. Die Sonne, die sich schon nach Westen neigt, legt eine glänzende Spur auf das Wasser.

Er bestellt zwei Tassen Kaffee. Der Wein wird am Abend kommen. So sitzen sie eine ganze Stunde auf dem Balkon, staunen über die Wendung des Schicksals. An Sightseeing, was er zunächst befürchtete, ist Sonja nicht interessiert. Also keine Jagd durch Museen, Paläste und Kirchen. Einfach nur auf dem Balkon sitzen und irgendwann auch in einem Café unten am Fähranleger. Am nächsten Abend dem Fado lauschen in der Altstadt. Auch einen Gang durch die Rua Augusta und das Tor der Seefahrer. Das reicht. Es sind ja nur drei Tage. Sie haben sich noch viel zu erzählen. Da hetzt man nicht mit dem Baedeker durch die Stadt.

Irgendwie ist alles auch neu und anstrengend. Und so unerwartet. Als die Sonne untergeht, sind sie müde, liegen angezogen Arm in Arm auf dem Bett. Einmal schiebt er seine Hand auf ihre linke Brust, um den Herzschlag zu spüren. Der ist ruhig und gleichmäßig. Kein Rasen. So war das auch in der letzten Nacht. Das Herz ist nicht nur ein Organ. Wie schön, wenn das mit der Klappe nur eine nervöse Störung wäre! Dann könnten sie die OP zum Teufel wünschen und länger in Lissabon bleiben. Aber das ist wahrscheinlich nur ein frommer Gedanke. Ein Klappenfehler ist etwas Mechanisches. Durch Glücklichsein wird er nicht behoben. Schließlich kann man ein kaputtes Auto nicht durch Beten reparieren.

Er wischt die Überlegungen weg. Was soll es!? Die Gegenwart ist die Gegenwart. Er schließt Sonja enger in seine Arme, schläft ein. Auf der anderen Seite des Tejo, in Almada, flammen die Abendlichter auf.

12

Gegen Zehn werden sie wach. Der erste Tag ist verschlafen. Aber sie haben noch den Rest des Abends und die Nacht. Vom Balkon aus sehen sie die Lichterketten

Almadas. Auch die Fähren fahren noch und gleiten als Lichtpunkte über das Wasser.

Jetzt meldet sich der Hunger. Er bestellt aus der Hotelküche zwei große Portionen Gambas mit Knoblauch. Dazu eine Flasche trockenen Rotwein aus dem Dourotal. Die beginnende Nacht ist mild. Sie können draußen an dem Tisch auf dem Balkon sitzen. Sie haben sich noch genug zu erzählen.

„Wie ist das bei dir eigentlich mit der Treue?" fragt Sonja.

Er weicht zunächst mit einem Bonmot aus: „Wenn Treue Spaß macht, ist es Liebe."

„Ist es das?"

Er antwortet mit einem einfachen „Ja!"

„Nach nur fünf Tagen?"

„Das kann man schon nach einer Stunde ahnen."

Sie erzählt von ihrem Mann. Dass er viel unterwegs war. Einmal hat sie sich nicht zurückhalten können und während er schlief, sein Smartphone eingeschaltet. Die PIN-Nummer hatte sie in seiner Schreibtischschublade gefunden.

„Da waren viele Frauennamen. Manche SMS war eindeutig. Nachher habe ich mich geschämt, dass ich so etwas gemacht habe. Eigentlich ist es nicht meine Art. Ich habe nichts gesagt, ihn nicht zur Rede gestellt. Aber es war ein Bruch in unserer Beziehung. Ich habe Angst vor Untreue. Dass es mit uns so rasant geht, verstehe ich nicht. Wahrscheinlich liegt es an den Umständen. Die OP und der Wunsch zu leben."

Er widerspricht. „Es sind nicht die Umstände. Es wäre auch passiert, wären wir uns anderswo begegnet. Mit oder ohne Herzfehler. Völlig egal."

Er überlegt, ob er jetzt schon von Lisa erzählt. Er lässt es. Es ist zwar Vergangenheit, aber es sind nur vier Wochen. Er möchte die Stimmung nicht gefährden. Sonja würde fragen: „Was ist, wenn sie zurückkommt?"

Er könnte nur sagen: „Nichts ist. Es ist vorbei." Aber ob sie ihm das glaubt? Zum Glück fragt sie nicht nach seiner letzten Beziehung. Vielleicht will sie das auch gar nicht mehr wissen. Die Zukunft ist bedeutsamer.

Bis tief in die Nacht hinein reden sie, erzählen Anekdoten, Erlebnisse. Die Biografie entfaltet sich mehr und mehr.

Jetzt erzählt sie ihm auch, dass sie bis zum Tod ihres Mannes eine Galerie in Ahrweiler hatte. „Ich wollte vor allem noch unbekannte Künstler fördern. Manchmal ist das sogar gelungen. Aber viel zu verdienen war da nicht. Ja, und dann kam die Geschichte mit dem gestörten Herzrhythmus. Da habe ich die Galerie aufgegeben. Eigentlich ist es schade. Da hingen nicht nur Bilder. Es gab auch Lesungen."

„Könntest du die Galerie wieder eröffnen? Nach der OP?"

„Theoretisch ja. Sie ist ja nicht gemietet. Es ist meine eigene. Vermietet habe ich die Räume auch nicht. Jetzt sind die Rollos runtergelassen. Warum fragst du? Malst oder schreibst du?"

„Weder noch. Wenn ich einen Frosch male, kommt ein Pferd dabei raus. Und schreiben? Nein. Was denn?"

Alles erzählt er ihr nicht. Es gibt Geschichten, die er lieber für sich behält. So hatte er zum Beispiel vor einigen Jahren zwei Freundinnen gleichzeitig, musste Alibis erfinden. Bis es ihm zu sehr die Seele belastete und er sich zur Sühne auf den Jakobsweg machte. So etwas erzählt man nicht in einer Lissaboner Nacht. Und schon gar nicht am Anfang einer neuen Liebe.

13

Die Sonne steht schon über dem Stadtteil Montijo und wirft auf ihrem Weg nach Westen die ersten Strahlen durch die Fensterfront. Da erst schälen sie sich aus der Decke. Es ist zehn Uhr. So lange hatten beide seit einem Jahr nicht mehr geschlafen. Er bestellt Kaffee, Toast, Käse, Schinken, Marmelade. Zehn Minuten später sitzen sie auf dem Balkon. Das Wetter meint es gut mit ihnen. Der Himmel ist wolkenfrei, die Temperatur auf fast 20 Grad gestiegen.

Sonja trägt ein langes, rotes Kleid, die marokkanischen Sandaletten an den Füßen. Wenn sie sich das Haar in den Nacken streicht, was sie ab und zu in einer mehr unbewussten Geste tut, werden zwei goldene Ohrringe sichtbar. Er sagt ihr, wie schön das aussieht. Sie wird etwas verlegen, meint: „Die habe ich lange nicht mehr getragen. Aber jetzt..."

Er selbst sitzt da in olivgrünen Shorts, hat ein weißes T-Shirt übergestreift, ist barfuß. Man müsste die Zeit anhalten können, denkt er. Oder mindestens ganz, ganz weit verlängern können. Dieser Augenblick ist perfekt.

Gegen Mittag gehen sie Hand in Hand durch die engen Gassen der Alfama. Sie hat den grünen Rucksack umgehängt, weil sie einkaufen wollen. Zunächst aber bleibt sie vor einem Hutladen stehen, sieht sich die Hüte im Schaufenster an, geht hinein. Nach ein paar Minuten kommt sie heraus, hat sich einen Strohhut mit einem Blumengebinde und einer Schleife aufgesetzt. Nach hinten fällt das rotblonde Haar bis weit über die Schulter.

„Steht dir verdammt gut", sagt er, lässt sie vor sich hergehen und macht mit dem Smartphone ein paar Aufnahmen. Er sieht sich die Fotos auf dem Display an. „Du könntest auch in Paris über den Laufsteg gehen", meint er. „Mit dir ist mir aber lieber", wehrt sie sein Kompliment ab.

Sie finden einen kleinen Laden. ‚António'. „Komm!" sagt Sonja. „Das ist das, was bei uns früher Tante Emma war. Wir müssen keinen Supermarkt suchen."

Sie gehen hinein. Hinter der Ladentheke blickt ihnen ein uraltes Männchen mit freundlicher Neugierde entgegen.

„Ich kann kein Portugiesisch", sagt Felix. Der wird uns nicht verstehen. Englisch spricht er wahrscheinlich auch nicht."

„Ach was. Dann kaufen wir eben nur Wein. Wein, vinum, vino. Versteht jeder. Wir können auch auf die Flaschen zeigen.

„Wenn's das nur ist. Soviel Portugiesisch kann ich noch. Vinho seco, vinho tinto, vinho branco."

Der Mann spricht tatsächlich kein Englisch. Aber die Verständigung klappt. Felix sagt sein Sprüchlein: Vinho tinto, vinho branco, seco."

Dann geschieht das, was in einem Supermarkt nie passieren würde. Der Ladenbesitzer verschwindet kurz, kommt mit zwei Flaschen Wein wieder und zwei Gläsern. Er entkorkt die Flaschen, schenkt ein. Einen Roten und einen Weißen. Er bedeutet ihnen zu probieren. Er verschwindet noch einmal und kommt mit einem Teller zurück. Darauf liegen Käsescheiben. „Queijo de Azeitão", sagt er, spitzt dabei die Lippen und schmatzt. Was heißen soll: Der ist besonders lecker. Und das ist er auch. Er hat einen dezenten Geschmack nach Schafsmilch, ist leicht säuerlich und mild. So kommt es mittags zu einer Weinprobe mit portugiesischem Azeitão. Auch der Wein ist gut. Ein Landwein, der leicht über die Zunge geht. Die Freundlichkeit des Portugiesen führt dazu, dass sie vier Flaschen kaufen, Brot und zwei kleine, runde Käse. Für den Abend ist gesorgt. Den Fado verschieben sie auf den nächsten Tag. „Ich bin lieber mit dir auf dem Balkon und im Zimmer", sagt sie.

14

Auf dem Rückweg zum Hotel gehen sie durch die Rua da Augusta, an deren Ende der Triumphbogen für die Seefahrer den Blick auf einen weiten Platz und den Tejo öffnet. Er geht neben ihr durch den Bogen. Und auf einmal geht er nicht. Er schreitet. Ein unbekanntes Gefühl von Stärke und Zugehörigkeit durchströmt ihn. Er weiß, das hat er Sonja zu verdanken. Die Verse des portugiesischen Dichters Luís de Camões fallen ihm wieder ein: „Was sagst du, Herz?" – „Dass ich aus Liebe schlage!"
Über die Praça do Comércio, diesen weit ausladenden und den Blick zum Horizont öffnenden Platz, gehen sie zu

einem der Fähranleger, setzen sich draußen vor ein kleines Café. Die Sonne steht im Nachmittag und wirft eine breite, glänzende Bahn auf den Arm des Tejo. Plötzlich verliert er das Gefühl für Zeit und Raum. Stattdessen spürt er eine tiefe Verbundenheit mit Sonja. Das ist zeitlos und hat eine andere Dimension. Es ist wie ein Schritt in die Ewigkeit. Ein ganz anderes Tor hat sich geöffnet. Es ist wie ein Anruf aus einer anderen Welt. Und wieder fällt ihm Camões ein: „Selbst im Himmel erlischst, lodernde Flamme, du nicht!"

Gedankenverloren rührt er den Kaffee um. „Was ist?" fragt Sonja. Er sieht sie an, lächelt. „Alles gut!" sagt er. „Ich bin dankbar für den Augenblick."

„Ich dachte schon, du bist traurig, weil Morgen unser letzter Tag ist."

„Morgen ist nicht der letzte Tag. Es geht alles weiter."

„Mit uns?"

„Ja!"

Von seinem Erlebnis erzählt er nichts. Es ist so absurd wie zugleich real. Wie soll man eine Offenbarung erklären? Da sind die Worte schwer.

Am Abend sitzen sie auf dem Balkon, sehen auf den Tejo und die Lichterketten

Almadas. Sie trinken Antónios Landwein. Sie hat den roten geöffnet. Er den weißen.

„Man müsste den Augenblick festhalten können!" sagt sie.

„Er ist festgehalten", antwortet er. „Er ist nicht verloren."

„Wie meinst du das?"

„Indem ich dich weiter liebe."

„In ein paar Tagen greifen sie in unser Herz ein."

„Na und!? Sie reparieren eine Klappe. Aber nach meinem Gefühl schlägt es jetzt schon wieder richtig."

Rüdiger Schneider lebt als Autor am Mittelrhein. Veröffentlichung von Romanen und Erzählungen. Publikationen zum Jakobsweg und auch anderen Pilgerwegen u.a. ‚Via Hildegardis'. 1996 Förderpreis zum Literaturpreis Ruhrgebiet. 2000 erschien im Leipziger Militzke-Verlag mit ‚Pandoras Schatten' sein erster Roman.

Website: www.ruediger-schneider.com